KB137569

겨울 가고 나면 따뜻한 고양이

길상호 에세이   겨울 가고 나면 따뜻한 고양이

작가의 말

여러 날 무거웠던 날씨가
야옹! 순식간에 명랑해졌다.

고양이들이 교대로 창턱에 올라가 햇볕을 쬔다.
몸 구석구석 축축하게 배어 있던 빗소리를
맑은 혀로 닦아낸다.

그러고는 가끔 고개를 돌려
내 손등에 묻은 먹구름도 대신 핥아 준다.

아득하게 멀어졌던 온기가 다시 돌아오는 시간,
한없이 부드럽고 평화로운 시간,

물어, 운문이, 산문이, 꽁트
고양이들 이름을 가만가만 불러 본다.
그 착한 눈동자를 마음에 그려 넣는다.

야옹! 우리 함께 힘을 내 보자고
하루가 또 이렇게 지나고 있다.

2021년 흑석동에서
길상호

프롤로그

오드아이 여인숙

〈어서 오세요. 저희는 두 개의 방을 준비해 두었답니다. 파란 방과 노란 방, 어떤 방이 필요하신가요?〉

〈방값은 필요 없고요. 상처를 갖고 계신 분이라면 누구든 이용할 수 있지요. 말하자면 상처가 숙박비라고 할 수 있습니다. 당신은 어디가 아프신가요? 상태에 따라서 방의 색깔을 골라 들어가실 수 있습니다.〉

〈파란 방은 열이 너무 많아서 식혀야 하는 분들에게 좋은 방이지요. 들어가 누우면 물속에 있는 것처럼 아득한 느낌이 찾아올 겁니다. 물결 같은 공기가 당신의 심장을 어루만지며 편안한 잠으로 이끌 겁니다. 오랫동안 끌어안고 살던 불덩이도 한숨 자고 나면 적당히 식어 있을 겁니다.〉

〈노란 방은 반대로 온기가 필요한 분에게 권해 드리고 있지요. 들어가시면 햇볕처럼 환한 꽃들이 피어 있을 겁니다. 주무시고 있는 동안 꽃잎을 펼친 꽃들이 당신의 얼어붙은 부위들을 가만히 덮어 줄 겁니다. 당신은 몸속 얼음이 풀리는 소리를 들으며 화창한 봄날의 꿈을 꾸게 될지도 모르죠.〉

〈왜 그러시죠? 당신에게 적당한 방이 없나요? …… 아! 두 개의 방이 모두 필요하시다고요? 걱정하지 마세요. 두 개의 방은 꿈속으로 연결되어 있어서, 당신이 원하는 대로 쉽게 옮겨 다닐 수도 있으니까요. 어제도 손님 같은 분이 한 분 머무셨는데, 올 때는 몹시 지친 모습이었다가 나가실 때는 평온을 되찾으셨답니다. 고맙다는 인사를 연이어 하고 떠나셨지요.〉

〈당신의 상처를 지불하고 여기 서명하세요.〉

〈그동안 많이 답답하셨겠습니다. 하지만 이제 걱정하지 마세요. 참! 비밀번호는 '야옹', 어렵지 않지요? 그럼,

편히 머물다 가시기 바랍니다.〉

가족 소개

집사

운문

산문

물어

꽁트

1부   달빛과 고양이 소년

나비 떼

반달 모양의 흉터가 있다. 일곱 살 무렵 어느 날 형이 어디서 빌려 온 건지, 자전거를 태워 주겠다고 나를 마당으로 불렀다. 처음에는 신이 나서 나갔지만 얼마 지나지 않아 사고가 터졌다. 달리는 자전거 바큇살에 장딴지 살이 끼어 버렸던 것이다. 엄마에게 들키면 나뿐 아니라 형까지 심하게 혼이 날 상황이었기에, 천으로 둘둘 만 상처를 긴 바지 속에 숨기고 그날 밤 잠을 자야만 했다.

꿈속, 하늘에서 나비들이 한 마리씩 내려앉기 시작했다. 검은 날개를 펄럭이며 날아드는 나비들이 무서웠지만, 날개 끝 검푸른 무늬는 참 신비로웠다. 나는 점점 가까이 날아드는 나비들의 날갯짓에 최면이 걸린 듯 꼼짝도 하지 못하고 풀밭 위에 앉아 있었다. 그런데 나비들이 낮에 생긴 상처 주변에 모여드는 것이었다. 동그랗게 앉아서는 기다란 빨대를 꽂은 채 나비들은 피를 빨기 시작했다. 그제야 이대로 있다가는 죽을 수도 있겠다는 불안감이 찾아왔다. 아무리 손사래를 쳐도 나비들은 그 자리에서 꿈쩍도 하질 않았다.

눈을 감는 수밖에 없었다. 눈을 감고 조금 기다리고 있으니 아까와는 다른 감촉이 장딴지에 와닿는 게 느껴졌다. 까칠까칠하면서도 부드럽고 축축한 감촉. 질끈 감고 있던 눈을 살며시 떠 보았다. 나비들은 어느새 작고 귀여운 고양이들로 바뀌어 있었다. 세 마리 고양이가 돌아가며 빨간 혀로 핥을 때마다 상처가 조금씩 아물어 갔다. 동그랗던 핏자국이 반달 모양으로 줄어들었을 때 나는 야옹~, 고양이들을 불러 보았다. 나의 갑작스러운 목소리에 놀란 고양이들이 서둘러 상처 속으로 뛰어 들어갔다.

아침에 일어나 핏자국이 배어든 천을 풀어 보니 아물지 않은 상처가 가려웠다. 냥이들아! 어서 나와서 나머지 상처도 핥아 주렴. 조용히 불러 보았지만 고양이들은 더 이상 모습을 드러내지 않았다. 그 일이 있은 후로 나는

상처가 생길 때마다 야옹 야옹, 고양이를 부르는 버릇이
생겼다.

부처님께 야옹

짱구는 절에 사는 턱시도 고양이였죠. 예불 시간에는 대웅전 댓돌에 자리를 잡고 함께 기도를 올리기도 하던. 가끔은 마당을 날아다니는 나비들에게 눈길을 빼앗기기도 했지만, 스님 기도가 길어지는 날에는 하품을 하다 꾸벅꾸벅 졸기도 했지만. 스님들도 참 귀여워하던 고양이였어요.

그런데 얼마 전 짱구한테 이상한 일이 벌어졌어요. 예불 시간도 잊고 낯선 사내 하나를 졸졸 따라다니는 거였어요. 삼성각 계단을 올라갔다가, 동종 앞을 지나, 지장전 디딤돌 앞에서 잠시 멈추는가 싶더니, 다시 와불상을 모신 뒷마당까지. 녀석의 그런 행동은 처음이라서 누워 계신 부처님도 살짝 눈을 뜨고 바라볼 정도였죠.

사내도 자신을 따라다니는 고양이가 황당했던지 자꾸만 뒤를 돌아보더군요. 사내가 자리에 쪼그려 앉자 짱구가 냅다 그의 품으로 달려가는데, 이게 어찌 된 일인가 싶었어요. 원래 짱구는 사람들과 일정하게 거리를 두던 고양이였거든요. 사내가 머리를 쓰다듬고 나자 이제는 아예 껌딱지처럼 달라붙어 다니더군요.

사내는 이 절을 처음 방문한 거라는데……. 둘이 헤어지던 장면은 아직도 기억이 생생하지요. 사내가 계단을 통해 주차장 쪽으로 내려가자 짱구는 계단 위에서 하염없이 그 뒷모습을 바라보더군요. 사내도 마음이 쓰였던지 몇 번을 뒤돌아보고. 누가 봤으면 둘이 죽고 못 사는 연인이라고 했을 거라니까요.

사내가 떠나고 나서도 짱구는 한참을 움직이지 않더군요. 안 되겠다 싶어서 사료를 한 줌 내밀어 봤는데 먹을 생각도 않고요. 날이 어둑해지고 나서야 주지스님 방문 앞에 마련해 둔 제 집으로 가서 눕더군요. 그런데 그게 마지막 짱구의 모습이었어요. 다음 날 절집 안팎을 모두 찾아봤는데, 어디서도 흔적을 찾을 수 없더군요.

그리고 며칠 뒤 사내가 다시 나타나서 짱구의 행방을 묻더군요. 자신을 따라다니던 고양이가 자꾸 눈에 밟혀

서 다시 찾았노라고. 어쩌겠어요. 그날 고양이가 집을 나
갔다고 이야기를 해 주었죠. 그 말을 듣고 돌아서던 사내
의 눈빛이 얼마나 슬프던지……. 그런 거 보면 사람과 동
물 사이에도 말 못 할 전생의 인연이 있나 봐요.

쌍둥이

사진 속에는 두 아이가 앉아 있다. 왼쪽 가슴에는 태권도 마크, 오른쪽 가슴에는 오륜기 마크, 똑같은 운동복을 갖춰 입었다. 머리를 살짝 맞댄 포즈는 사진사의 지시에 의해 만들어졌으리라. 다정한 분위기를 위한 연출. 그러나 그런 의도와는 다르게 웃음기가 없는 입술, 겁먹은 눈동자. 두 얼굴 가득 조명 빛이 환하다. 얼굴의 음영이 희미해져서 다소 평면적인 느낌이 전해진다. 오른쪽 아이에 비해 왼쪽 아이의 얼굴 윤곽이 좀 더 뚜렷해 보이지만, 큰 차이는 없다. 아무런 장식도 없이 그저 하얀 벽. 그래서인지 두 명이 함께 찍은 증명사진처럼 보이기도 한다. 자세히 들여다보니 왼쪽 아이의 목에만 목걸이가 걸려 있다. 동글동글한 구슬 목걸이는 두 아이를 구별하기 위한 표식 같다.

너희들은 어찌 그리 닮았니? 볼 때마다 헷갈리네. 가만있어 봐라, 등에 있는 검정색 털 무늬도 비슷하고, 연초록으로 빛나는 눈 색깔도 비슷하고, 앞발을 모으고 다소 곳이 앉아 있는 자세도 비슷하고. 누가 강이고 누가 산이었더라? 야옹~, 야옹~ 허참, 울음소리도 똑같네. 그래도 뭔가 다른 데가 있었는데, 어디였더라? 이거야 원, 만날 때마다 틀린그림찾기 게임을 하는 기분이니. 아! 그렇지. 이제야 한 군데 찾았네. 강이는 꼬리 끝이 까맣고 산이는 하얬지. 가만, 가만, 다른 데가 하나 더 있었는데. 분홍빛 코도 비슷하고, 쫑긋쫑긋 귀도, 실룩실룩 수염도 비슷하고. 가만히 좀 있어 봐, 이 녀석들아! 움직이니까 더 찾기가 힘들어지잖아. 아! 맞다. 턱 밑에 요 까만 점. 산이만 갖고 있었지.

목걸이가 있으면 형, 없으면 동생. 꼬리 끝이 까만 건 강이, 턱 밑에 점은 산이. 다음번에 만나면 확실히 구별한다는 확신은 없지만, 그래도 다시 되뇌어 본다. 완전히 외우지 못해도 크면 또 조금은 달라지겠지.

눈과 눈동자

그날 잠에서 깨어난 건 변소에 가야 했기 때문이다. 추운 1월이었고, 엄마와 동생과 누이가 깊이 잠들어 있는 걸로 봐서 아직 한밤중이었다. 마당을 가로질러 어둡게 웅크리고 있을 변소는 생각하는 것만으로도 몸을 바짝 긴장하게 만들었다. 나는 참을 만큼 참다가 도저히 버티지 못할 상태가 되어서야 이불을 걷고 일어났다. 그래도 문풍지 문에 닿는 밤의 빛이 그리 어둡지 않아 다행이었다. 나는 한 번 더 주저하다가 문고리를 잡고 방문을 열었다.

마루에 발을 내딛는 순간 눈앞엔 다른 세상이 펼쳐져 있었다. 온 마당이 은빛으로 반짝반짝. 어느새 마당을 덮어 놓은 눈 위에 유난히 밝은 달빛이 내려앉아 있었다. 문지방을 넘어서는 일이 마치 천국으로 들어가는 느낌이었다. 크리스마스 때도 나타나지 않았던 산타클로스가 뒤늦게 다녀간 걸까. 나는 오줌 누는 것도 잊은 채 한동안 마루 끝에 앉아 있었다. 1월의 바람이 맨발, 맨손을 스치고 지나갔지만 전혀 춥지 않았다.

그렇게 한참을 넋이 빠진 채로 앉아 있다 보니 반짝반짝 눈꽃 사이로 정말 꽃 모양의 작은 자국들이 대문 쪽으로 길게 찍혀 있는 게 눈에 들어왔다. 고양이 발자국이었다. 눈밭을 밟는 게 아깝기는 했지만 나는 그 예쁜 모양에 이끌려 발자국을 따라 걸어 보았다. 대문 틈으로 빠져나간 발자국은 길가 대추나무 옆을 지나 앞산 쪽으로 향하고 있었다.

그때 다시 오줌보가 신호를 보내왔다. 변소로 달려가 볼일을 끝내고 나왔을 때에도 마당은 여전히 보석을 뿌려 놓은 것 같았다. 하늘을 한번 바라보았다. 하늘에 떠 있는 달이 고양이 눈동자처럼 빛나고 있었다. 나는 마당에 발자국을 찍어 놓고 간 고양이가 분명 새하얀 털을 갖고 있었을 거라고 생각했다. 어쩌면 그 녀석이 나에게 보여 주려고 마당에 아름다운 마술을 펼쳐 놓은 거라고.

쥐덫

쥐가 참 많던 시절이었다.

식구들이 모두 잠든 새벽, 천장이 또 소란스러워졌다. 이쪽 모서리에서 저쪽 모서리까지 쥐들의 질주가 시작된 것이다. 아이는 그 소리가 재미있는 놀이라도 되는 양 귀를 기울였다. 소리의 크기에 따라서 쥐들의 나이를 구분해낼 수도 있을 것 같았다. 사람들이 잠든 틈을 이용해 아빠 쥐가 아기 쥐들을 모아 놓고 도망치는 훈련이라도 시키고 있는 걸까? 타다다다닥, 최대한 발을 빨리 움직여야 해! 눈은 절대 감지 말고! 저기 저 구멍 보이지, 무조건 저기로 돌진해!

첫째가 먼저 뛰어 봐! 타다다닥, 타다닥….
둘째도 어서! 투드득, 투드드득….
이제 막내 네 차례야! 타닥, 투드득, 타다닥….
옳지, 옳지! 이렇게 연습을 해 두면 갑자기 사람이나 고양이와 마주쳐도 아무 문제가 없단다.

곤히 잠들어 있는 줄 알았는데, 아빠도 밤새 천장에서 펼쳐진 쥐들의 훈련 소리를 들었나 보다. 아빠는 구석구석 쥐가 드나들 만한 구멍을 찾아보더니, 장롱 위쪽 귀퉁이에서 작은 구멍 하나를 발견했다. 그러고는 거기에 가느다란 철사로 올가미를 만들어 설치해 두었다. 다음 날 아침 올가미엔 쥐 한 마리가 목이 졸린 채 매달려 있었다.

아빠의 올가미에 걸려든 건 어떤 쥐였을까? 아직 달리기가 서툰 막내 쥐는 아니었을까? 식구를 하나 잃고서 쥐들은 지금 무척 슬퍼하고 있겠지.

아이가 어떤 생각을 하고 있는지도 모른 채, 아빠는 자랑스러운 듯 얼굴이 환해져서 죽은 쥐를 들고 밖으로 나갔다. 툇마루까지 들어온 햇볕 위에 앉아 있던 얼룩 고양이는 털을 핥으며 졸린 눈만 자꾸 깜빡거렸다.

고양이가 왔다

봄이 오듯 고양이가 왔다. 새벽이 오듯 한 쌍의 고양이
가 왔다.

경계의 눈초리, 달을 쪼개서 두 개의 눈에 박아 넣고
왔다. 겨우 발소리는 숨겼는데 새순처럼 돋아나는 신음
은 숨길 수가 없다.

악몽을 꾸고 난 뒤 고양이를 맞으러 창가로 간다. 바람
은 내 이마의 식은땀을 핥아 주렴, 어둠은 내 기억을 겹
겹으로 가려 주렴.

외로운 귀신들이 아픈 잠을 껴안고 싶어 헤매는 시간,
꿈의 바깥엔 더 괴로운 꿈이 기다리고 있다고 이애옹, 연
이은 울음이 시간을 찢어 놓는다.

고양이가 왔다. 꼬리에 묶인 골목이 따라왔다. 골목에
묶인 사람이 따라왔다. 사람에 묶인 폭력이 줄줄이 따라
왔다.

울음의 옆구리를 명중시키는 돌멩이. 스스로의 쓸모

를 비관하며 바닥을 구르는 돌멩이. 아픔을 모르게 될 때까지 가루가 되고 싶은 돌멩이.

후다다다닥, 가까이 다가왔던 봄이 피를 흘리며 도망간다. 그러니까 꽃은 비리다.

엎어진 물그릇의 물처럼 시간이 하수구 방향으로 기어간다.

봄이 오듯 고양이가 왔다. 깨진 눈을 번득이며 한 쌍의 고양이가 왔다.

이애옹 이애옹 이애옹~.

야옹, 별이 울던 밤

배고픈 고양이가 있었습니다. 아직 사냥도 배우지 못한 채 버려진 어린 고양이였습니다. 하루 종일 돌담 틈에 고개를 내밀고 야옹야옹 울어 봐도 떠나간 가족은 돌아오지 않았습니다. 너무 오래 울다 보니 목이 쉬어서 울음도 탁했습니다. 꼬마 아이는 고양이 울음 앞에 엉덩이를 대고 앉아서 저도 자꾸만 슬펐습니다. 아이는 주머니에서 삶은 고구마를 꺼내 쪼개서 한 조각을 돌 틈에 넣어 주고는 나머지를 제 입에 넣고 우물거렸습니다.

다음 날 새벽 엄마는 성경책을 꺼내 놓고 혼자서 예배를 드렸습니다. 아빠가 집을 나가고부터 시작된 예배였습니다. 찬송가를 부르다 흐느끼고, 성경책을 읽으며 울다가, 기도를 하며 통곡으로 이어지는 엄마의 새벽. 아이는 오래전부터 깨 있었지만 이불 밖으로 나올 수가 없었습니다. 엄마의 얼굴을 보면 그 울음이 가슴속으로 흘러들 것 같았습니다.

날이 밝고 엄마가 밥을 지으러 부엌으로 나간 뒤, 아이는 슬며시 일어나 아기 고양이를 찾아 담장 쪽으로 가 보았습니다. 붉어진 눈을 비비면서 야옹, 야옹, 작은 목소리로 고양이를 불러 보았습니다. 되돌아오는 소리는 없었습니다. 아이는 초조해져서 돌 사이에 조심스럽게 손을 넣었습니다. 고양이의 털이 만져졌습니다. 그러나 따뜻하지 않았습니다.

바싹 마른 몸을 밖으로 꺼냈을 때 감지 못한 두 눈에는 별 조각이 하나씩 박혀 있는 게 보였습니다. 빛이 거의 꺼진 별에 아이는 주머니에서 꺼낸 눈물을 한 방울씩 넣어 주었습니다. 봉분의 흙을 다독이고 있을 때 부엌에서 엄마의 목소리가 들려왔습니다. 밥 먹어야지, 어디 있니? 그 목소리에 허기가 느껴졌습니다. 배는 고프지 않은데, 다른 곳이 아기 고양이의 배처럼 움푹 꺼져 있었습니다.

보름달 손전등

손전등을 켜 놓고 그림자놀이를 해요. 영사기가 켜지면 거실 벽은 스크린이 되고요. 새가 되었다가, 토끼가 되었다가, 생쥐가 되었다가 그림자는 몸을 바꾸더니 어느새 허리 굽은 할머니가 되었어요.

지팡이가 어디로 갔나? 두리번두리번…, 그때 검은 고양이 한 마리가 나타나 영사기 앞에 꼬리를 치켜세웠죠. 꼬리 끝을 살짝 구부리니 화면에 멋진 지팡이가 만들어졌어요.

할머니는 지팡이를 짚고 언덕 너머 친구네 집으로 마실을 가기로 했어요. 친구에게 전해 줄 선물을 바구니에 담아 길을 나섰죠. 터벅터벅, 한참을 걷다 다리가 아파 바위에 앉아 쉬는데 동물들이 다가와 말을 걸었어요.

콩알 몇 개만 나눠 주시면 할머니를 위해 아름다운 노래를 불러 드릴게요, 새가 말을 했어요. 주머니에서 볶은

콩 한 줌을 꺼내 놓자 새는 콕콕콕, 맛있게 먹고는 고운 목소리로 노래를 부르고 떠났지요.

다시 또 걸어 볼까, 무릎을 펴려는데 이번엔 토끼가 껑충껑충 뛰어왔죠. 할머니! 저 목이 마른데, 물 한 모금 나눠 주시면 재미있는 춤을 보여 드릴게요. 할머니는 종이컵에 생수를 가득 따라 주었어요. 목을 축인 토끼는 신나게 재롱을 부리고는 숲으로 돌아갔지요.

노래도 듣고, 춤도 보고, 할머니는 다시 기운이 났어요. 그런데 바구니 안에서 사락사락 무슨 소리가 들려오는 게 아니겠어요. 가만 보니 생쥐 한 마리가 친구한테 줄 쿠키 선물 포장을 갉아대고 있었어요. 예끼, 이놈! 그건 안 돼! 생쥐는 제일 큰 쿠키 하나를 물고 냅다 뛰기 시작했어요.

할머니는 어쩔 줄을 몰라 발만 동동 구르고 있는데, 지팡이로 변해 있던 고양이가 후다닥 생쥐를 쫓기 시작했지요. 얼마 지나지 않아 고양이가 생쥐를 물고 나타났어요. 할머니! 죄송해요. 제가 너무 배가 고파서…… 울먹이는 생쥐에게 할머니는 쿠키를 도로 주어 보냈어요.

고양이를 쓰다듬는 할머니 얼굴이 그렇게 밝을 수 없었어요. 이제 또 가 보자, 고양이는 다시 꼬리를 치켜세우고 지팡이로 변신을 했지요.

손전등이 꺼지고 그림자놀이가 끝난다. 엄마와 아이는 이불 속으로 들어가 눈을 감는다. 아직 잠을 잘 시간이 아니라는 듯, 고양이는 몰래 베란다로 빠져나와 동그랗게 켜 놓은 보름달 앞에서 그림자를 만들며 혼자 뛰어다닌다.

우물우물, 야옹야옹

옆집과 함께 쓰던 우물이 있었지. 두레박을 끌어 올리다 말고 출렁이는 그 물빛을 오래 바라보곤 했지. 어떤 날은 우물에 나뭇잎을, 종이배를, 꽃잎들을 띄워 놓기도 했지. 그때마다 물결은 하나의 춤이 되었지. 색깔이 다른, 형태가 다른 그 춤들을 바라보고 있자면, 이따금 햇빛이 춤 속에서 투명하게 반짝이는 순간을 만나게 되기도 했지.

그런데 어느 날 아침 우물에선 고양이 한 마리가 올라왔지. 젖은 털의 검은 고양이 몸은 뻣뻣하게 굳어 있었지. 영혼 떠난 몸을 담고 있을 때, 두레박은 관이었지. 뚝, 뚝, 뚝, 눈물을 흘리는 관. 고양이는 그 순간에도 우물처럼 깊은 눈동자를 빛내고 있었지. 그때부터 우물의 출렁거림 속에 야옹야옹 고양이의 울음이 번지기 시작했지. 맑기만 하던 우물이 죽음을 입고 점점 어두워졌지.

어머니는 어디서 구해 왔는지 커다란 알약 하나를 쥐

어 주며, 내게 우물 안에 던져 넣으라 했지. 퐁당! 목구멍
을 벌린 우물이 알약을 받아먹는 그 모습을 나는 끝까지
지켜보았지. 알약이 떨어진 자리 동그랗게 번지던 동심
원, 야옹야옹야옹야옹 끝없이 퍼지던 목소리. 가끔은 고
양이가 된 우물이 빨간 혀를 내밀고 나의 얼굴을 핥는 꿈
을 꾸기도 했지.

얼굴이 하얀

 낯선 여자아이가 선생님 손에 이끌려 교단에 섰습니다. 떠들썩하던 교실이 조용해졌습니다. 아이는 떨리는 목소리로 자기소개를 합니다. 서울에서 왔답니다. 어깨를 덮고 있는 머리카락, 조금은 겁을 먹은 눈동자, 그리고 너무나 하얀 얼굴.

 나의 옆자리가 그 아이의 자리로 정해졌습니다. 나는 어떤 표정을 지어야 할지 알 수 없어 고개를 숙였습니다. 발소리가 가까워질 때 탱자꽃 향기 같은 바람이 살짝 지나갔습니다.
 들려오는 소문에 의하면 그 아이는 점방 아저씨가 숨겨 놓았던 딸이라고 했습니다. 그 밑으로 동생 둘이 더 있었는데, 사정이 안 좋아져서 모두 아저씨가 데려다 키우기로 했다는 것이었습니다. 조용했던 점방에는 그렇게 못 보던 아이가 셋이나 늘었습니다.

 어느 날 점방 앞을 지나다가 보게 되었습니다. 아이는

매를 맞고 있었는데, "그럴 거면 네 엄마한테 가 버려!" 아줌마의 목소리가 터져 나왔습니다. '네 엄마'라는 말, 그 말이 무척이나 슬프게 느껴졌습니다.

나는 그날 저녁 탱자나무 울타리 밑에 쪼그려 앉아 '네 엄마', 흙바닥에 그 글자를 몇 번이고 썼다 지웠습니다. 울타리 가시 사이로 얼마 전에 보았던 흰 아기 고양이가 그런 나를 물끄러미 바라보았습니다. 그러더니 야옹, 야옹, 빨간 혀가 다 드러나게 울었습니다.

'너도 네 엄마한테 가야지, 여기서 혼자 울고 있으면 어떡해!' 탱자나무 가시에 찔린 듯 저녁 하늘 한쪽이 빨갛게 물들고 있었습니다.

한없이 비가

어두운 새벽이에요. 이렇게 긴 비는 처음이에요. 창고 건물 틈으로 숨어들어 비를 피하고 있어요. 빗방울은 위험한 거라고 엄마는 늘 이야기했어요. 털이 흠뻑 젖으면 심장이 식어 버릴 수도 있다고 했어요. 뭔가 번쩍, 어둠을 쪼개 놓더니, 우르르쾅쾅! 하늘이 무너지는 소리가 들려왔어요.

화단에 피었던 꽃들 대부분이 쓰러졌어요. 꽃송이 몇 개가 꺾인 줄기 끝에 간신히 매달려 있어요. 그러고도 모자란 건지 바람은 이제 라일락 가지를 이리저리 흔들면서 이파리를 찢어 놓고 있어요. 이곳에 있는 동안 아직 저렇게까지 사나운 녀석은 만나 본 적이 없어요.

폭우에 오래 갇혀 있다 보니 슬슬 배가 고파요. 사람들이 가끔씩 가져다주던 참치 캔은 그야말로 별미였었는데요. 저녁에 먹다 만 먹이가 화단 구석에서 퉁퉁 불어 가고 있을 텐데요. 비가 밥그릇까지 엎어 놓으면 안 되는데

요. 어디선가 비바람을 뚫고 비린내가 풍겨 오고 있어요.

한번은 용기를 내서 철판 사이로 고개를 내밀고 바깥
상황을 살펴보려고도 했어요. 그런데 순간 돌풍이 불더
니 빗방울이 후드드득, 이마를 또 콧등을 때리는 게 아니
겠어요. 놀라서 고개를 마구 흔들어댔지요. 빗방울이 털
사이로 스며들면 큰일이잖아요. 하는 수 없이 포기하고
두 눈을 감았죠. 잠이 들면 배고픔도 잊을 수 있으니까요.

좀처럼 잠은 오지 않았어요. 그렇게 한참을 누워 있자
니 빗소리가 가늘어지기 시작했죠. 이때다 싶어 화단으
로 뛰어갔어요. 그런데… 먹이는 보이질 않더군요. 구석
구석을 살펴봐도 흔적을 찾을 수 없었어요. 무참하게 부
러진 나뭇가지와 짓무른 꽃들뿐이었어요.

웅덩이에 비친 내 얼굴을 보고 있자니 엄마가 더 보고
싶어지더군요. 엄마가 옆에 있으면 이 새벽이 무섭지는

않을 텐데. 빗물을 핥으며 배 속 허기를 꺼뜨려 보려 했
지만, 여유를 부릴 수는 없었어요. 웅덩이에 다시 동그랗
게 빗방울이 떨어지기 시작했거든요.

대필

어머니는 내게 편지지와 볼펜을 내미셨다.

"어서 받아 적어라."

아버지, 집에 한번 다녀가세요.

먹을 게 다 떨어져 가족들이 굶고 있어요.

형편이 좋지 않으시면 그냥 오셔도 돼요.

얼굴만이라도 잊지 않게…….

아버지, 꼭 오셔야 해요. 그리고 늘 건강하세요.

어머니의 목소리엔 점점 먹구름이 짙어졌다. 그러곤 끝내 편지지 위에 빗방울이 떨어졌다.

볼펜 끝에서 비에 젖은 고양이들이 걸어 나와 울기 시작했다. 한 마리, 두 마리, 세 마리……, 그러나 볼펜을 쥐고 있던 고양이는 혼자서 울지 않기로 다짐했다. 먹구름을 피해 달아나려면 지금 울어선 안 될 것 같았다. 밥풀을 으깨 편지 봉투를 봉하듯 입술을 닫았다.

2부   울음소리가 당신을 닮았다

한 번쯤은

그날, 7시 30분 버스를 그냥 보냈다. 아침 조회 시간에 맞추려면 꼭 타야 했던 버스. 한 번쯤은 지각을 하고 싶었다.

가방을 챙겨 천천히 걸었다. 해가 뜨자마자 기온이 올라갔다. 동네를 다 빠져나가기도 전에 티셔츠가 땀에 젖었다.

길과 나란히 흐르는 냇물이 시원한 물소리로 유혹했다. 그래 물길도 길인데, 한 번쯤은 저리로 걸어도 좋을 것 같았다.

첨벙첨벙, 기우뚱! 돌멩이들 때문에 중심을 잡기가 어려웠다. 바짝 걷어 올린 바지 자락이 어느새 도로 내려와 있었다.

한 번쯤은 젖은 채 학교에 가는 것도 좋겠지. 어리둥절한 눈으로 바라볼 선생님과 아이들을 떠올리니 자꾸만 웃음이 나왔다.

물길을 걸어 학교에 가는 학생은 내가 처음이겠지, 그
순간 이끼 낀 바위를 밟고 물속으로 넘어졌다. 정강이가
쓰려 바지를 올려 보니 피가 흘렀다.

이왕 늦은 건데 조금 더 늦으면 어때, 물가로 나와 앉
아 있을 때, 하늘에는 고양이 얼굴을 한 구름 하나가 떠
있었다.

어제저녁 우리 집에서 쫓겨난 아기 고양이, 한 번쯤은
함께 살아 봐도 좋을 텐데, 고양이는 요물이라며 엄마는
녀석을 울 밖으로 내던졌다.

아침 자습 시간도 지나고 1교시 수업이 한창일 때, 나
는 교실 문을 열었다.

다행히 선생님은 흠뻑 젖은 고양이를 교실 밖으로 내
쫓지는 않으셨다.

느티나무와 음악 시간

소년은 음악 시간을 좋아하지 않았습니다. 그렇다고 노래를 싫어하는 것은 아니었습니다. 단지 친구들 앞에 서는 것을 두려워했던 것입니다. 선생님은 음악 시간마 다 마지막 5분을 남겨 두고 학생 하나를 불러내 그날 배 운 노래를 부르게 했습니다. 그때마다 소년은 혹시 자신 의 이름이 불리는 건 아닐까, 떨리는 눈빛을 들키지 않기 위해 고개를 푹 숙였습니다.

소년은 학교가 끝나자마자 가방을 벗어 던지고 느티 나무를 찾아 개울가로 달려갔습니다. 그곳은 우울해질 때마다 찾는 비밀 장소였습니다. 오래전 불이 나서 속이 까맣게 타 버렸다는 나무, 그럼에도 넓은 그늘을 거느리 며 아름드리로 자라난 나무. 구멍을 통해 나무 안쪽으로 들어가면 비좁긴 했지만 앉기 좋은 공간이 있었습니다. 소년은 그곳에 있으면 나무와 한 몸이 되는 듯한 묘한 기 분이 되곤 했습니다.

그날은 구멍 안쪽으로 들어서려는데 미리 와 있는 손님이 있었습니다. 어두워서 잘 보이진 않았지만 울음소리는 분명 고양이였습니다. 소년은 조심스럽게 나무 안에 들어가 보았습니다. 의외로 고양이는 순했습니다. 발톱을 세우기는커녕 다리에 몸을 비비면서 반기기까지 했습니다. 소년은 고양이를 쓰다듬으면서 혼잣말처럼 푸념을 늘어놓았습니다.

"냥이야! 난 친구들 앞에서 노래를 하는 게 엄두가 나질 않아. 교단에 올라선다는 생각만 해도 벌써 심장이 쿵쾅쿵쾅 뛰기 시작하는걸. 그래서 음악 시간이 너무 괴로워. 나도 다른 친구들처럼 당당하게 노래를 부르고 싶은데, 난 도대체 왜 이러는 걸까?"

말을 끝내고 구멍을 통해 밖을 바라보았을 때 나뭇잎들은 부드럽게 흔들리고 있었습니다. 그리고 어디선가 들려오는 목소리에 소년은 깜짝 놀랐습니다.

"그 노래의 기억을 잊어야 해."

옆에는 고양이 한 마리뿐인데 이 소리는 어디에서 들려온 걸까? 그리고 그 노래라니! 어디에서 목소리가 또 들려오지 않을까 소년은 눈을 감고 귀를 더 바짝 열었습니다. 그러나 더 이상의 목소리는 없었습니다. 대신 초등학교 3학년 때 만들어진 기억 하나가 머릿속에 살며시 떠올랐습니다.

아주 화창한 날이었습니다. 소년은 그날 학교에서 아리랑이라는 노래를 배웠고, 집으로 돌아가는 내내 불렀습니다. 그리고 집이 내려다보이는 언덕에 다다랐을 때 한 번 더 노래를 불렀습니다. 나를 버리고 가시는 님은 십 리도 못 가서 발병 난다, 목소리가 점점 커져 갈 때 엄마가 소년을 향해 달려왔습니다. 손에는 기다란 회초리 하나가 들려 있었습니다.

그다음 음악 수업에서도 시간이 되자 선생님은 노래 부를 학생을 찾았습니다. 그때 소년은 자신도 모르는 사이 오른손이 머리 위로 올라가 있다는 사실을 알았습니다. 당황스러웠지만 어쩔 수 없는 일이었습니다. 이미 선생님과 아이들이 그 손을 주목하고 있었으니까요.

소년은 교단에 올라서서 떨면서 노래를 부르기 시작했습니다. 교실 한쪽에서 웃음소리가 들리기 시작하더니 결국 난장판이 되어서야 노래는 끝이 났습니다. 선생님만이 소년의 어깨를 툭툭 치면서 잘했다고 격려를 해 주었습니다.

비록 아이들의 웃음만 불러왔지만 소년은 처음으로 교단에 서서 노래를 했다는 사실 하나만으로도 자신이 대견하게 생각되었습니다. 창밖의 햇살이 어느 때보다도 환하게 빛나고 있었습니다. 느티나무에서 만났던 고양이가 잘했다고 야옹~ 맑은 눈빛을 보내는 것 같았습니다.

무덤덤한 저녁

봄이면 앞산 진달래가 유난히 붉었다. 그러나 아이들은 그곳에서만큼은 꽃을 따지 않았다. 공동묘지가 있는 산, 시체들의 피를 빨아먹고서 꽃잎이 붉어진 거라 믿고 있었기 때문이다. 꽃이 가득 피어도 늘 음산했다. 저녁 무렵이면 까마귀까지 날아들어 그곳의 불길한 이야기들은 점점 더 늘어 갔다.

그러나 소년은 아무도 찾지 않는 산 무덤가에 앉아서 저녁을 맞이하는 걸 좋아했다. 그곳에서 바라보는 노을은 느낌이 달랐다. 쓸쓸함. 무덤 속 주인들의 침묵이 저물녘의 햇살과 닮았다고 소년은 생각했다. 삐죽삐죽 웃자란 잔디를 뜯으면서 햇살이 모두 사라질 때까지 소년은 쓸쓸함을 마음껏 즐겼다.

어느 날인가는 무덤가에 앉아 있는데 스르르 졸음이 몰려왔다. 소년은 저도 모르게 묏등을 베고 누워서 잠이 들었다. 가느다란 바람 한 줄이 이마를 스치며 잠을 깨웠

을 때는 이미 어둑해진 시각이었다. 소년은 잠에서 깨어
나고서도 한참을 멍하니 앉아 있었다. 너무도 생생한 꿈
속의 고양이가 아직 옆에 있을 것 같았던 것이다.

꿈에서 고양이는 외할머니의 목소리를 갖고 있었다.
처음으로 죽음을 가르쳐 준 사람, 고양이는 물기 가득한
눈으로 다가와서는 부드럽게 소년의 볼을 핥고는 말했
다. "앞으로는 이곳에 오지 말거라. 죽음에 물들기 시작
하면 살아가는 게 힘들어진단다."

소년은 자리에서 일어나 어슴푸레 드러난 길을 따라
산을 내려왔다. 고양이가 눈을 빛내며 지켜보고 있을 것
같아 뒤를 돌아보았지만 거기엔 아무것도 없었다. 그제
야 소년은 죽음이, 어둠이, 침묵이 두려워지기 시작했다.
집으로 향하는 발걸음이 점점 빨라졌다.

이상

이상한 사람을 만났다. 거울 속의 자신과 악수를 하려고 시도하다가 아파하는 사람(그는 훗날 스스로가 거울 속의 자신과 마주 앉아 술잔을 기울이게 될 거라고는 이때 생각하지 못했다), 사진 속 우울한 표정이 머리에서 떠나지 않아 소년은 집에 돌아오자마자 교과서를 꺼내 놓고 그의 얼굴을 다시 한 번 바라보았다. 그러고는 어딘지 모르게 자신과 닮아 있다는 생각을 했다.

"거울속의나는왼손잡이오/내악수(握手)를받을줄모르는―악수를모르는왼손잽이오" 밑줄을 그어 놓은 문장 밑에 "두 자아가 화해를 시도했으나 화해가 불가능한 단절의 상황임" 선생님의 설명이 적혀 있었다. 두 개의 서로 다른 자아라고? 서로 화해를 할 수가 없다고? 그래서 나도 늘 이렇게 불안했던 걸까? 내 속의 내가 나를 언제 어떻게 해칠지 몰라서? 소년의 머릿속은 갑자기 뒤죽박죽이 되었다.

소년은 아주 활짝 웃을 때마저 눈가에 그늘을 갖고 있었다. 거울 속 얼굴을 볼 때마다 자신에게 그늘을 남겨놓은 건 두 사람이라고 생각했다. 다섯 살 무렵 집을 나가 돌아오지 않는 아버지와 그 후 날마다 눈물을 보이던 어머니. 소년의 마음에서 두 사람은 한시라도 빨리 벗어나고 싶은 존재들이었다.

모두 잠이 든 시각 소년은 거울 앞으로 갔다. 거울 속의 자신이 어떤 모습을 하고 있는지 확인을 해 봐야 했다. 처음에는 어두워져 있는 거울의 세계에 단지 하나의 자신이 서 있을 뿐이었다. 그런데 조금 더 기다리자 자신의 얼굴을 하고 있는 고양이들이 연이어 나타났다. 나이도 크기도 제각각이었다. 한 녀석은 울음에 감염된 듯 눈언저리가 짓물러 있었고, 한 녀석은 꼬리도 없이 빙빙 돌고 있었고, 또 한 녀석은 귀를 닫은 채 웅크리고 있었다. 아픈 고양이들이 어느새 거울을 깨고 나올 것처럼 그곳에 가득했다.

소년은 두려워져서 거울을 벽 쪽으로 돌려놓고는 그 자리에 주저앉았다. 늘 외면하기만 했던 자신이 이렇게 나 많을 줄은 생각지도 못했던 것이다. 소년은 그날부터 시를 쓰게 되리라는 걸 어렴풋이 느꼈다. 제 속의 고양이들을 한 마리씩 불러 용서를 빌어야 했다. 소년은 교과서를 펼쳐 놓고 「거울」 아래 여백에 처음으로 자신을 기록했다.

〈오늘부터 나와의 대화를 시작한다.〉

가출

바닷가에 도착한 뒤, 파도 사이에서 이틀을 지냈다. 머릿속에 암담한 생각들이 차오르면 해변을 따라 무작정 걷다가, 생각들이 멀리 빠져나갈 때 수첩에 주변 풍경들을 그리며 시간을 보냈다. 가끔씩 의심스러운 눈으로 나의 행색을 살피고 가는 어른들이 있었지만, 누구도 다가와 말을 걸지는 않았다.

어두워진 바다, 벤치에 웅크린 채 싸늘한 밤바람을 견디느라 점퍼를 덮었다. 조금 더 사나워진 파도가 흰 이빨을 드러낸 채 몰려왔다. 으르렁거리는 그 소리는 점퍼 밖으로 나온 발을 자꾸만 물어뜯었다. 지쳐 있었지만 좀처럼 잠은 오지 않았다.

잠시 잠에 빠져들었다고 느끼던 그 순간 폴짝, 벤치 위로 무언가가 뛰어오르더니 점퍼 속으로 파고 들어왔다. 놀라 재빠르게 몸을 일으켰을 때 야옹~, 고양이가 겁을 먹은 듯 해변 쪽으로 줄행랑을 치더니 멈춰 서서 두 눈을 반짝거렸다. 나는 비상용으로 사 두었던 소시지를 꺼내 껍질을 깠다. 그러고는 한쪽 끝을 떼어 나와 고양이의 중간 거리쯤에 던졌다.

한참을 망설이던 고양이는 서서히 소시지 쪽으로 걸어왔다. 다음 조각은 더 가까이… 그리고 다음은 또 더 가까이…, 결국 벤치 아래까지 다가온 고양이는 마지막한 조각을 삼키고는 나의 다리에 몸을 문질렀다. 턱시도가 멋진 어린 고양이였다.

잠깐잠깐 졸다가 눈을 뜰 때마다 녀석은 멀리 가지 않고 벤치 주변에 머물러 있었다. 어떤 때는 모래밭을 뛰어다니기도 했고, 어떤 때는 구석구석 털을 핥으면서 평화로워 보였다. 녀석을 보고 있자니 밤바다가 조금은 순하게 바뀐 것 같았다.

마음이 편안해진 탓이었을까? 조금 길게 잠이 들었다

가 깨어 보니 녀석은 어디에도 보이질 않았다. 모래밭에 작은 발자국들이 나란히 찍혀 있을 뿐이었다. 나는 벤치에서 일어나 발자국들을 따라가 보았다. 해변을 따라 계속되던 흔적은 얼마 가지 않아 끊겨 있었다. 도로 건너 상가 쪽으로 숨어든 모양이었다.

아직 어둠이 다 가시지 않은 새벽 우두커니 서서 사라진 턱시도를 떠올리고 있자니, 식당 앞 공중전화 부스가 눈에 들어왔다. 나는 아무 생각도 없이 그곳으로 걸어가 동전 투입구에 백 원짜리 동전을 하나 넣었다. 다이얼을 누르고 신호음이 가기 무섭게 저쪽에서 젖은 목소리가 들려왔다.

"상호니?"

사소한 일기

해가 지고 있다. 다세대 주택 출입구 계단에 앉아 저녁을 받아 적는다. 앞집 2층은 벌써 식사를 마치고 설거지를 하는 모양이다. 숟가락 젓가락 부딪히는 소리, 대접들이 포개지는 소리, 그리고 그 소리들을 씻어내는 물소리.

어제 저 집 남자와 여자 사이에는 욕설과 고성이 꽤 오랜 시간 오갔었다. 그러고 보니 남자 혼자 식사를 한 모양이다. 현관문이 열리고 남자가 젖은 손을 털면서 담배를 하나 피워 문다. 이전의 상황이라면 여자가 따라 나와 종이컵의 커피를 건네며 수다를 펼쳐 놓을 차례인데, 남자의 담배가 다 타들어 갈 때까지 그녀는 나타나질 않는다.

다시 또 한 개비의 담배를 빼 물려 하다가 나를 발견한 남자는 어색한 표정으로 고개를 돌린다. 그러곤 빨랫줄의 옷가지들을 걷어 어두운 집 안으로 훌쩍 들어선다. 그러고 보니 누가 뽑아 버린 것인지, 건물과 골목 사이에 자라나 꽃을 피웠던 개망초가 아스팔트 위에 누운 채 시들어 있다.

　봄철 내내 골목을 오가던 아기 고양이들도 요즘은 좀
처럼 보이질 않는다. 붉게 물들었다가 다시 잿빛으로 식
어 가는 노을이 흩어진 담배 연기처럼 쓸쓸하다.

고양이 여관

　낯선 곳에서 맞이하는 밤이 좋소. 여관은 허름하고, 그래서 편안하게 말을 걸 수 있다오. 벽지의 얼룩에게, 거울의 먼지에게, 침대의 삐걱거리는 울음에게, 그리고 조금 더 낡아 버린 나에게, 어떤 말을 해도 괜찮다오. 방바닥에는 소주 한 병, 김밥 한 줄, 잘못 쪼개진 나무젓가락, 산국 한 송이가 꽂혀 있는 종이컵. 꽃은 천변 길을 걷다가 만난 올해 마지막 향기라오. 서리를 맞고 얼어 죽은 꽃대 위에 간신히 한 송이가 매달려 있었소. 하룻밤이라도 따뜻한 곳에서 함께하자고 데려왔는데, 꽃도 하고 싶은 이야기가 있었던 모양이오. 작은 꽃잎을 열어 펼쳐 놓는 말들이 제법 향기롭소.

　잠깐 스치며 눈인사를 나눴던 옆방의 사내는 파란 눈동자를 하고 있었소. 아까부터 누군가와 길게 통화를 하는데, 그 언어를 알아들을 수 없소. 하지만 목소리에 스며 있는 반가움과 안타까움은 확연하다오. 나는 타국의 언어를 섞어 소주 한 잔을 따른다오. 이 잔을 들이켜면 여관의 방은 조금 더 낯선 곳이 될 것이오.

다시 고요해진 밤, 이제 그들이 등장할 시간이 가까워 오고 있소. 그들은 언제나 발소리를 죽인 채 다가온다오. 어둠 속에 눈빛만을 반짝이며 걸어온다오. 저쪽 담장에서 이쪽 창으로 폴짝 건너뛸 때도, 그들의 자세는 신비롭다오. 나는 사실 이곳에 짐을 부릴 때부터 그들을 기다리고 있었소. 그래서 쌀쌀해진 공기를 그대로 느끼며 창을 열어 두었던 것이오. 오! 드디어 그들이 오는 모양이오. 반투명 유리에 그림자 두 개가 어른거리고 있소. 저쪽 담장까지 다가와 앉아 창턱으로 건너올 타이밍을 살피는 게 분명하오.

나는 반쯤 비운 소주병을 내려놓고 숨을 죽인다오. 그때 야아옹! 경계심이 덜한 한 녀석이 창턱에 내려앉았소. 뒤따라 또 한 녀석이 자리를 잡았소. 찹찹찹찹, 창턱에 미리 준비해 놓은 참치 캔과 물을 맛있게 먹는 모양이오.

고양이들의 식사를 방해하면 안 되니까 절대 조용히 해야 하오. 이런 순간 나는 사람을 벗어나 고양이가 된 기분이오.

얼마나 지났을까, 빈 그릇을 핥는 소리가 나더니 한 녀석이 창 안으로 머리를 들이미는 것 아니겠소. 짙고 옅은 황색 줄무늬에 흰 배를 하고 있는 녀석은 아직 배가 채워지지 않은 모양이오. 방 안을 기웃거리며 먹을 게 또 없는지 애처롭게 나를 바라본다오.

그런데 이 녀석 어디서 많이 본 고양이오. 몇 달 전에도 나는 이 여관에 머문 적이 있소. 그때 창밖 뒤뜰에서 소시지를 받아먹던 녀석, 덩치는 조금 더 커졌지만 눈매나 털 무늬가 틀림없소. 경계를 쉽게 푼다 했더니 녀석도 나를 기억하고 있었던 모양이오. 뒤따라온 녀석은 생김새나 크기가 형제인 것 같소. 착각인지 모르겠지만 나를 기억해 주는 고양이가 한없이 반갑기만 하오. 오늘은

녀석들이 모처럼 허기진 배를 채울 수 있도록 캔을 몇 개
더 따려 하오.

창문을 사이에 두고 녀석들은 식사를 하고 나는 나머
지 술병을 비우고 있소. 객실 사람들은 모두 잠이 든 모
양이오. 방음이 허술한 탓에 옆방 사내의 코를 고는 소리
가 들린다오. 시간이 지날수록 고양이들은 내가 익숙해
지는 모양이오. 뒤에 숨어 있던 녀석도 이제 창 안을 살
피다 눈을 맞추기도 하오. 배를 채웠으니 이제 따뜻한 잠
자리를 찾는지도 모르겠소.

나는 벽에 기대 이불을 덮고 잠시 잠이 든 척하려다 깜
빡 잠이 들고 말았소. 그런데 잠결에 방 안에서 뭔가 다
른 생명이 느껴지는 게 아니겠소. 살짝 눈을 떠 보니 흰
배를 갖고 있는 녀석이 구석에 쌓아 둔 이불 더미 위에
자리를 잡고 누워 있소. 딱 두 번 만난 고양이와의 동숙.
생명과 생명이 경계를 풀고 한곳에 있다는 사실에 나는

무척이나 설렜다오.

 새벽에 다시 깨어났을 때 고양이는 나가고 없었지만, 나는 이 여관의 잠을 오래오래 잊지 못할 것이오. 여관 이름은 천일장이오. 자고 일어나면 천 일이 흐르고, 자고 일어나 보면 고양이와 사람이 뒤바뀌기도 할 것 같은 참 이상한 곳이라오.

모닥불

가게 문이 닫히면 물어와 나, 둘만의 시간이 시작된다. 이제 은행나무 밑에 노랗게 물든 잎들이 제법 쌓였다. 바람이 좀 쌀쌀, 쓸쓸하다. 마당에 피워 둔 모닥불은 아직 다 스러지지 않았다. 물어와의 시간을 위해 장작 하나를 더 올려놓는다.

물어! 부르는 소리에 어디선가 고양이가 달려온다. 낮 동안 손님들을 피해 건물 뒤편에서만 돌아다니던 녀석이 다리에 얼굴을 문지르면서 반가운 인사를 한다. 낮엔 혼자서 심심했지? 야아옹! 그래, 이제 사람들은 없으니까 안 숨어도 돼. 야아아옹!

우리는 어쩌다가 이곳에 와 있는 걸까? 호수가 만든 물안개에 종종 갇히는 곳. 별이 너무 많이 반짝여서 모든 게 그리워지는 곳. 어쩌다가 단둘이 모닥불 앞에 앉아서 하루하루를 마감하게 되었을까? 불을 뒤적이는 동안 물어는 나의 발등에 머리를 대고 눕는다.

갸르릉~ 갸르릉~ 숨소리가 모닥불만큼이나 따뜻하다. 투득, 장작이 불티를 날리며 주저앉을 때마다 졸린 눈을 떴다가 감는 고양이. 가까이 다가와 있던 상념이 녀석의 눈빛에 아득히 멀어진다. 불이 나무를 먹어 치우는 만큼 밤은 더 깊어진다.

남은 불씨 위에 물을 뿌린다. 지지직, 재먼지가 날리고 김이 피어난다. 물어는 다다닥, 벽을 짚고 뛰어올라 지붕에 오른다. 물어야! 오늘은 또 몇 시까지 놀 거니? 야아옹! 놀다가 심심하면 내 방문을 두드려, 알았지? 야옹!

모닥불이 꺼지고 별의 불씨가 조금 더 늘었다. 물어는 별이라도 하나 따려고 그러는지, 지붕을 이리저리 뛰기 시작한다.

꿈과 야옹

이것이 꿈이라는 건 안다. 그런데도 어쩔 수 없다. 어디를 두드려도 열고 나갈 문은 보이지 않는다. 악몽 속에 한 조각의 별빛이라도 떨어지기를 바라며 걸을 뿐이다.

길에는 군데군데 향을 피워 놓은 듯 안개가 피어오른다. 나무들은 모두 가지가 텅 비었다. 수십 년은 물 한 방울 닿지 않은 듯 말라 있다. 뿌연 하늘, 안개 사이로 까만 새의 깃털이 미동도 없이 떠 있다. 주위를 둘러봐도 새의 기척은 전혀 느껴지지 않는다.

적막을 찢고 무엇이라도 나타났으면 좋겠다. 그것이 이빨을 날카롭게 벼르고 있는 어떤 짐승일지라도.

조금 더 발을 옮기니 풍경 속에 전봇대가 나란히 늘어서 있다. 전선도 없이 일렬로 서 있는 전봇대는 어느 공동묘지의 십자가 무리 같다. 저녁이 된 듯 시야는 좀 더 어둑하다. 어디로 가야 할지 나는 잠시 망설이다 멈춰 선다. 사람에 대한 기억도 아득히 멀어져 버렸다. 황량한 공간, 대하는 것들마다 죽음의 냄새가 번져 있다.

아버지가 돌아가셨다, 라고 생각하는 순간 멀리서 누군가 다가온다. 꿈속에서 처음 마주하는 움직임이다. 사람의 형태를 하고 있는데, 테두리뿐이다. 얼굴을 이루는 눈, 코, 입, 귀가 보이질 않는다. 그런데도 나는 그 형상을 아버지라고 믿는다.

다시 안개가 자욱하게 끼더니 흩어진다. 내게로 다가오던 그는 어디에……. 없다. 나무도, 전봇대도, 그도 모두 사라졌다. 사방을 두리번거리다가 슬픔이라는 감정이 불어 가는 것을 느낀다. 이런 때는 눈물이 나와야 하는데… 눈을 감고 기다려도 눈물은 나오지 않는다.

까끌까끌, 이건 생생한 감촉이다. 분명 꿈이 아니다. 눈꺼풀을 들어 올린다. 눈앞에 마시다 만 소주병이 보이고, 엎질러진 유리잔이 보인다. 그리고 가지런히 두 발을 모은 산문이가 있다. 따뜻한 혀로 나의 눈을 핥고 있는 고양이. 이제야 눈물이 난다.

까끌까끌, 고양이의 혀는 절대 거칠지 않다.

이태원의 낮과 밤

이슬람 사원 첨탑 초승달은 오늘도 변함이 없다.

오전 8시, 사원 맞은편 좁은 골목 계단에 또 그녀가 나타났다. 겹겹이 껴입은 옷, 헝클어진 머리, 꾀죄죄한 얼굴, 때 긴 손에는 테두리가 닳은 수첩. 중얼중얼 입술을 쉬지 않는다.

호박죽을 어떻게 끓이느냐면, 우선 늙은 호박을 준비해, 아니지 아니지, 썩은 호박을 어디 쓰려고, 호박이 준비되었으면 이제 수저를 가져와, 그걸로 껍질을 벗겨야 잘 벗겨지거든, 아아아, 그리고 물을 끓여야지, 찹쌀도 준비하고, 우리 시어머니가 찹쌀을 땅바닥에 엎었어, 그걸 하나씩 주워 담는데, 아이 씨발, 아니 시어머니한테 욕을 하면 안 되지, 이제 호박을 자르는 거야, 그리고 저어, 팍팍 저어, 주걱으로 뺨따귀 맞아 봤어? 호박이 뭉그러질 때까지 저어…….

오늘은 김치전을 만들 거야, 김치 말이지 김치, 신김치로 준비해야 해, 기름은 뭘 쓰냐고? 우리는 그냥 콩기름을 쓰는데, 집안마다 다 달라, 고추도 푹푹 썰어 넣고, 빨간 고추도 되고 파란 고추도 되고, 아, 국물을 넣어야 해, 김칫국물을 넣어야 맛있지, 소금? 그렇게 넣으면 짜지, 쯔쯔쯔, 막걸리는 그년이 다 마셨어, 나도 한잔 마시고 싶었는데…….

오후 8시, 사원 맞은편 좁은 골목 계단에 고양이가 나타났다. 한쪽 눈을 다 덮은 고름, 턱에 매달려 늘어진 침, 군데군데 뭉친 털, 야아옹, 야아옹, 목이 쉬었는지 울음에 쇳소리가 섞여 있다. 누군가 가져다 놓은 사료와 물. 사료 쪽에는 입도 대지 못하고 물그릇만 몇 번 핥다가 야아옹, 야아옹.

이슬람 사원 첨탑 초승달 위에 창백한 반달이 하나 더 떴다.

종이 고양이

고양이를 만난 건 상점들이 모두 불을 끈 시간이었습니다. 천막으로 덮어 놓은 좌판들, 빗물이 고인 웅덩이, 몇 개씩 포개어져 있는 플라스틱 의자, 그 사이로 바람이 무서운 기세로 불며 지나갔습니다.

그림자들의 통행 금지가 풀리는 시간이 가까워졌기에 나는 발걸음을 더 재촉했습니다. 그림자와 대면하면 오래도록 우울증에 시달린다는 소문을 들어 왔기 때문입니다. 세상에 나오려는 그림자들로 붐비는지, 벌써부터 달의 문에 혼잡한 술렁임이 느껴졌습니다.

그때 어디선가 부스럭거리는 아주 작은 소리가 새어 나왔습니다. 생선 궤짝을 쌓아 놓은 상점 귀퉁이 쪽이었습니다. 쥐라도 한 마리 숨어들었나 싶어 그냥 지나치려는데, 궤짝 틈새에서 이번에는 야옹야옹. 눈도 뜨지 못한 고양이였습니다. 한번 터진 울음은 점점 더 커져만 갔습니다. 녀석은 나의 발소리를 그냥 보낼 수 없다는 듯이 필사적이었습니다.

그런데 움직이는 게 불편해 보였습니다. 한쪽 발이 물에 젖은 채 너덜거렸습니다. 질질 끌고 다녔는지 꼬리도 마찬가지였습니다. 종이로 만들어진 고양이라니…….

가방에 들어 있던 쿠키를 꺼냈습니다. 녀석이 먹을 수나 있을까 걱정이 되긴 했지만 달리 건넬 게 없었습니다. 잘게 부순 쿠키를 앞에 내려놓자 녀석은 입 안으로 허겁지겁 밀어 넣기 시작했습니다. 텁텁해서 목이 막힐 텐데도 꾸역꾸역 비닐봉지 위에 놓인 먹이에만 집중했습니다.

순식간에 쿠키는 사라졌습니다. 그제야 목마름을 느꼈는지 녀석은 몸을 질질 끌면서 웅덩이 쪽으로 방향을 틀어 고인 빗물을 핥기 시작했습니다. 그런데 물에 닿을 때마다 혀가 늘어지는 것이었습니다. 가만히 보니 혀끝이 종이죽처럼 풀어지고 있었습니다. 물방울이 매달린 턱도 어느새 축축하게 젖어들고 있었습니다.

녀석은 결국 몇 모금 마시지도 못하고 그 자리에 주저 앉았습니다. 마지막으로 입을 벌려 내놓은 야아옹, 울음 소리가 잉크처럼 어둠 속으로 번졌습니다.

시장에는 골목 끝 쪽에서부터 이미 그림자들이 들어 서기 시작했습니다. 셔터를 올리고 좌판을 정리하는 그 림자도 보였습니다. 더 이상 그곳에 머물 수는 없었습니 다. 내려 두었던 가방을 들고 나는 뛰기 시작했습니다.

가슴을 짓누르는 게 벅찬 숨인지 아니면 고양이의 마 지막 울음인지 알 수 없었습니다. 멀리서 뒤돌아보았을 때 눈에 들어온 건, 물에 젖어 형체를 잃어버린 종이 뭉 치뿐이었습니다.

이제 겨울이 녹기 시작했다

*

절집 마당에 저녁 햇볕이 따뜻하다. 황구와 백구가 나란히 몸을 웅크리고 누워 메리골드 꽃 옆에서 잠에 빠져든다. 말 그대로 꽃잠이다. 저곳에 나란히 누우면 영원히 행복한 꿈만 꾸게 될 것 같다. 그러나 나는 더욱 예민해져서 해가 지는 먼 하늘을 바라본다. 까마귀들은 어디로 가는 것인지, 이 산에서 저 산으로 그리고 또 산 너머로 무리 지어 사라지고 있다. 해는 어느새 세상의 저편으로 기울고 이제 절집의 주인은 어둠이다. 어둠과 더 어울려 이야기를 나누고 싶지만 나는 또 돌아가야 한다. 산 아래 세상에 내가 체온을 나누며 살아가야 할 고양이들이 기다리고 있다.

*

다섯 살 무렵 겨울 새벽이었다. 꿈속으로 어떤 목소리가 흘러들어 왔다. 축축하고 따뜻하고 비린 목소리는 읊조림이 되었다가 노래가 되었다가, 빗줄기가 되었다가 안개가 되었다가, 기도가 되었다가 찬송이 되었다가, 나는 잠에서 깨고 싶지 않았지만 목소리는 그런 나를 자꾸만 흔들어 깨웠다. 무거운 눈꺼풀을 들어 올렸을 때 백열등 밑에서 어머니는 성경과 찬송가를 펴 놓고 혼자만의 예배를 진행하고 있었다. 말이 예배이지 그것은 스스로의 울음을 쏟아내는 의식이었다. 예배는 그날 이후로도 몇 달이나 계속되었고 결국 나는 언제부터였는지도 모른 채 숨어 흐느끼는 법을 배웠다.

*

눈이 참 많이 내린 날이었다. 나는 전화를 받고 고모네 집이 있는 옆 마을로 가기 위해 밤길을 나섰다. 하얀 길은 랜턴 없이도 아주 밝았다. 터벅터벅, 많은 생각들이 오가는 동안 어느새 마을의 경계인 냇물 앞에 서 있었다. 징검다리를 건너야 했다. 징검돌마다 수북이 쌓인 눈을 발로 쓸어내면서 천천히, 천천히 앞으로 나아가는데 또다시 눈발이 퍼붓기 시작했다. 애써 치워 놓은 징검돌에는 다시 하얗게 눈이 덮였다.

몇 년 만에 만나게 된 아버지는 술에 취한 채 방문을 열고 나왔다. 그러고는 고모가 시키는 대로 나의 어깨에 기대 비틀비틀 발걸음을 옮겼다. 나는 눈을 마주치지 않으려고 고개를 돌렸고, 그(나는 당시 아버지를 나와는 아무 관계가 없어져 버린 사람으로 생각하고 있었다)는 아예 눈을 감고 걸었다. 한참을 걷던 중 그가 먼저 말을 꺼냈다. 나 잠깐… 좀…, 그는 길가 밭 가운데 서 있던 감나무 아래로 가서는 지퍼를 열고 오줌을 누었다. 따뜻한 오줌발에 쌓여 있던 눈이 녹아 허물어지는 게 보였다. 술을 얼마나 마신 것인지 일을 끝내는 데 한참이 걸렸다. 뒤에 서서 언 손을 비비며 기다리는데 그가 고개를 돌렸다. 나… 이제 니… 애비가 아녀!

*

세상에서 가장 아름다운 건 세상의 것들이 다 시들어 버린 겨울에 태어났다. 나는 그날의 풍경을 조금 오려 와서 어두운 심장 한쪽 벽면에 걸어 놓았다. 찬바람이 스치는 날이면 반짝반짝 빛나는 그림, 나는 그것을 보면서 어두운 겨울의 심장을 견뎌낼 수 있었다.

기온은 더 떨어져 있었다. 방바닥에도 이제는 온기가 얼마 남아 있질 않았다. 콧등에 내려앉는 바람이 귀신의 입김처럼 서늘했다. 그때 괘종시계가 세 번인가, 네 번인가 울다가 멈췄다. 아직 동이 트려면 먼 시간이었지만 이상하게 창호지 문이 환했다. 나는 깨어난 김에 화장실에라도 다녀올 겸 문 밖으로 나섰다. 그런데 마루에 발을 내딛는 순간 그 자리에서 더는 움직일 수가 없었다. 마당 한가득 보석들이 아름다운 빛을 쏟아내고 있었기 때문이었다. 먹구름이 마당에 눈을 깔아 놓고 간 뒤 보름달이 그 위에 빛을 뿌려 주고 있던 것인데, 가슴 벅찬 풍경이 그리 오래 가진 않았다. 그러나 아쉬워할 게 아니었다. 나는 이미 보석들을 훔쳐 심장 가득 채워 놓았던 터이고, 이제부터는 혼자만 즐길 수 있는 풍경이 된 것이니까.

종종 눈앞에 귀신이 나타났다. 머리맡에 앉아서 혼자 중얼거리던 아이, 서로 손을 잡고 은행나무를 돌던 여자들, 정류장에 앉아 울고 있던 할머니, 그리고 네 몸엔 뜯어먹을 기억들이 많다면서 떠나려 하지 않던 남자까지. 아이와 할머니, 여자들과 남자라고 표현을 하고 있지만 사실 그들 중 하나라도 얼굴을 갖고 있는 귀신은 없었다. 그냥 느낌으로 그럴 것이라는 감이 왔고 그런 감을 나는 믿었다.

귀신들과 마주치는 게 그리 두렵지는 않았지만, 그들을 상대하고 나면 힘이 쭉 빠져나갔다. 그도 그럴 것이 그들은 하소연을 늘어놓기 바빴다. 한 번이라도 나의 미래가 어찌될 것이라는 이야기는 해 주질 않았다. 나는 무조건 들어야 했고, 조금이라도 관심을 갖지 않는 것처럼 보이면 무서운 표정을 하고 겁을 주려 했다. 얼굴도 없이 지어내는 표정이 조금은 웃기기도 했지만 드러내 놓고 그들을 무시하지는 않았다. 귀신을 만나게 되는 날에는 전생이 많이 궁금했다. 나는 어디에서부터 시작되었을까? 내 몸에는 어떤 기억들이 쌓여 있는 것일까? 문득문득 어디선가 만난 적 있는 것 같은 사람들은 나와 어떤 인연을 맺었던 것일까?

한번은 기억을 뜯어먹는 그 남자 귀신에게 나의 전생을 물어본 적이 있다. 그는 없는 고개를 가로저었다. 너무 많은 시간과 또 너무 많은 인연들이 얽혀 있는 게 하나의 사람이기 때문에 누구도 전생을 뭐라고 이야기할 수는 없는 거라고 했다.

*

시간이 지나면서 어머니의 울음은 조금 무뎌졌고, 그는 여전히 일 년에 한두 번씩 술에 취해 나타났다가 다시 사라지곤 했다.

*

　이태원의 나날은 모든 게 뒤섞여 있었다. 나는 동물병원의 아픈 동물들(1층)과 떠들썩한 중국인들(3층), 다정한 미국 연인(4층) 사이에 끼여 그곳의 시간들을 보냈다. 골목에는 밤이고 낮이고 취객들의 고성이 오갔다. 어떤 사람은 노래를 불렀고, 또 어떤 사람은 욕을 해댔다. 각기 다른 언어들을 사용하였으므로 그 내용을 다 알아들을 수는 없었다.

　여자가 되고 싶은 남자도, 남자가 되고 싶은 여자도, 어느 것도 되고 싶지 않은 사람도 그곳에서 함께 살았다. 부유해서 돈이 가치 없어진 사람이, 가난해서 동전 하나가 아쉬운 사람이 함께 길거리를 오갔다. 어떻게 살든 모두가 아파 보였고, 나도 그곳에서 점점 앓기 시작했다. 소주를 냉장고에 가득 채우고 현관문을 걸어 잠갔다. 잠에서 깨면 소주를 마시고 또 잠에 들었다. 2주일 동안 딱 두 번 현관문을 열었는데, 그건 소주가 다 떨어졌기 때문이었다.

　평소 알고 지내던 의사 형은 우울증과 강박증에 대해 이야기를 해 주었다. 그리고 앞으로 겨울로 들어서고부터 빠져나오는 시기를 특히 조심하라고 했다. 호르몬 조절이 안 돼 계절적 정서 장애가 반복될 수 있다는 거였다. 몇 가지의 알약이 들어 있는 약봉투를 받아 오면서 내 몸의 녹지 않는 겨울을 떠올렸다.

*

　어느 날 밤 고양이 물어가 왔다. 냐아옹~, 그리고 한참 뒤에 또 두 마리의 고양이 운문이와 산문이가 찾아왔다. 냐아옹~ 냐아옹~, 그러고 보니 물어도, 운문이와 산문이도 식목일을 전후해서 태어난 봄 고양이. 나는 몇 해의 겨울을 녀석들의 체온에 기대 무사히 넘길 수 있었다. 우울해할 때마다 고양이들은 무릎으로 올라와 나의 가슴에 머리를 문질렀다. 그러면서 그 맑은 눈동자로 나를 물

끄러미 쳐다보고는 했다. 녀석들의 눈 속에 그 옛날 마당
에 가득했던 보석들이 반짝반짝 빛나고 있다는 걸 나는
뒤늦게야 깨달았다.

세 마리의 고양이와 함께하면서 그동안 보지 않았던
고양이들도 눈에 띄기 시작했다. 길거리에서, 숲속에서,
강가에서 녀석들은 저마다 생명의 목덜미를 물어 나르
며 악착같이 세상을 살아내고 있었다. 내가 해 줄 수 있
는 것은 배고픈 녀석들 앞에 한 줌의 사료를 놓아 주고,
오늘도 무사히 하루를 건너가기를 바라는 일뿐. 사료를
받아먹은 고양이들은 아직은 두려운 눈빛이었지만 고
맙다는 듯 뒤돌아보며 인사를 잊지 않았다.

*

누나로부터 전화가 왔다. 아버지가 아프신데 한번 찾
아가 볼 생각이 없느냐는 것이었다. 내 기억이 닿지 않는
오 년가량의 시간만을 함께했던 사람, 몇 번 더 본 적이

있지만 그때마다 상처를 덧나게 했던 사람, 그가 자꾸만 나를 찾는다는 것이었다. 며칠을 고민한 끝에 나는 충주행 차에 올랐다.

몇 년 만에 마주한 그는 병색이 짙어 보였다. 당뇨가 심하다고 했다. 발목은 퉁퉁 부어올라서 걸을 때마다 누군가 옆에서 부축을 해 주어야 했고 목소리에도 힘이 없었다. 몸을 움직일 때마다 쌔근쌔근 숨 쉬는 게 힘들게 느껴졌다. 그는 눈을 바로 쳐다보지도 못한 채 나에게 하루만 옆에서 자고 갈 수 있냐고 물어 왔다. 그동안 미안했다, 그러고는 말을 잇지 못하는 그의 눈이 젖어들었다.

어색하고 불편한 밤, 어둠 속에는 전에 맡아 보지 못했던 냄새가 짙게 배어 있었다. 썩어 가는 살냄새였다. 등을 돌리고 누워 잠깐 흐느끼다 잠이 들었고 꿈결에 그는 나의 손을 꼭 잡아 주었다.

*

오늘도 사진기를 들고 산길을 떠돌다 돌아왔다. 언젠 가부터 구름을 보면 마음이 뒤숭숭해서 견딜 수가 없었 다. 구름을 따라서 한없이 걷다가 노을이 진 후에야 집으 로 돌아오곤 했다. 누군가는 그만 좀 헤매고 다니라고, 그러다가 구름이 돼 버릴 것 같다고 걱정을 했지만, 정작 나는 구름처럼 가벼워지고 싶었다. 어쩌면 이것도 그가 나에게 남겨 놓은 유전자 때문일 거라고 생각이 들기도 했다.

*

다행히 마지막 두 달을 그는 나의 아버지로 돌아와 지 내다가 먼 길을 떠나셨다. 장례식을 마치고 우리 형제들 은 충주 쪽 동생들과 함께하는 식사 자리를 마련했다. 술 잔이 오가고 그간 담고 살았던 서로의 마음을 풀어놓는 중 아버지 유품을 어찌 정리할 것인가 하는 이야기가 나 왔다. 유품이라고 해 봐야 그동안 떨어져 지냈던 우리 쪽

형제들에게 남긴 것은 없을 것 같아, 충주 동생들이 알아
서 하는 것으로 의견이 모아졌다.

그런데 그때 충주 쪽 막내가 한 가지만은 꼭 전해 줄
게 있다고 말을 꺼냈다. 아버지가 이십 년 가까이 지니고
계시던 지갑에 대한 이야기였다. 어느 날 신문을 사 들고
들어온 아버지는 뭔가를 오려서 늘 지갑 속에 넣고 다니
셨다고 했다. 명함이나 영수증 들을 정리해 버릴 때도 그
것만큼은 무슨 보물이라도 되는 것처럼 소중하게 지갑
맨 안쪽에 꽂아 두셨다고 했다.

십 년 넘게 품고 다니시는 게 뭔지 궁금해서 막내는 그
걸 펼쳐 보았다고 했다. 스크랩을 해 놓은 신문에는 신춘
문예에 당선된 아들의 시와 인터뷰 내용이 들어 있었다
고, 그걸 펼쳐 보실 때마다 늘 흐뭇해하시곤 했다고 막내
는 기억을 풀어놓았다. 그때마다 자신은 내가 부러웠다
고, 자신은 아버지와 함께 살면서도 늘 길상호라는 사람

이 부러웠다고.

*

아버지께서 돌아가시고 난 후 한 편의 꿈을 꾸었다. 꽃
밭에 앉아 꽃향기를 맡고 있는 그는 무척이나 행복해 보
이는 얼굴이었다. 나는 처음으로 아버지가 보고 싶었고
그렇게 심장을 떠나지 않던 기나긴 겨울이 지나가고 있
었다.

물풀

　머릿속에서 물풀이 흔들린다. 종일 물풀을 중얼거리다 보니 혓바닥에서도 비린내가 난다.

　만날 때마다 물풀처럼 흐느끼던 사람이 있었다. 그는 끝내 철길을 건너다가 세상으로 다시 돌아오지 못했다. 그의 다리를 감고 있던 열차가 끊어진 한 가닥 물풀처럼 유유히 흘러갔다고 한다.

　그리고 또 물풀, 그 줄기 끝에 유언을 묶어 놓고 떠난 사람도 있다. 그날의 전화 통화, 그의 음성이 잠시 수면 위로 올라온 물풀의 검은 이파리였다는 것을 나는 알지 못했다. 잘 지내라는 말이 얼마나 비린 말이 될 수 있는지 짐작도 할 수 없었다.

　오늘은 반월저수지에 갔다가 물가를 떠돌고 있는 고양이를 만났다. 죽어 떠밀려 온 물고기라도 찾고 있던 것일까? 아주 먼 거리였지만, 눈이 마주치자 고양이는 잠시 경계 태세를 취하다가 풀숲으로 걸음을 옮겼다. 나는 녀석이 고개를 돌리기 전에 겨우 셔터를 몇 번 누를 수 있었다.

집에 와서 사진을 컴퓨터 화면에 띄워 놓으니 녀석의 얼굴이 선명해졌다. 그런데… 녀석의 눈 한쪽이 이상했다. 눈동자가 없었다. 비어 있는 눈, 생명이 흘러나오지 않게 겨우 어둠으로 막아 놓은 눈.

그들도 아픈 고양이처럼 세상으로부터 고개를 돌렸겠지. 제 몸을 숨길 수 있는 곳이 거기밖에 없어서 묵묵히 걸음을 옮겼겠지.

지금 나의 밥상 위에는 연못처럼 푸른 소주병이 하나, 그리고 바닥을 알 수 없는 술잔이 하나, 물풀처럼 흔들리지 않고는 버틸 수 없는 기억들이 방 안에 차오른다.

문득의 시간

어쩐 일로 전화를 다 했느냐고 하시기에, 문득 생각이 났다고 대답합니다. 문득이라는 말에 당신은 조금 실망할지 모르지만, 그러나 문득은 오랜 시간 고심해서 찾아낸, 어떤 것으로도 대치할 수 없는 단어입니다.

아주 짧은 시간을 일컫는 말 같지만, 사실 문득 속에는 오랜 시간의 지층이 쌓여 있습니다. 마음속에 오래 담아 숙성시키지 않고서는, 문득을 발동시킬 수 있는 힘이 만들어지지 않을 테니까요.

잊고 지냈던 그 두꺼운 시간을 노래 한 구절이 뚫어낼 수 있는 건, 노래 속에 당신과 함께 걸었던 길들이, 그날의 밤공기가, 말없이도 오가던 마음들이 온전히 녹아 있기 때문입니다. 노래를 통해 깊은 곳에 묻어 둔 기억들이 다시 살아났다는 건, 당신을 잊은 듯 잊지 않고 있었다는 뜻이지요.

어떤 날은 문득 떠오르는 기억 중에, 그 출처를 도저히 찾아낼 수 없는 것들이 있습니다. 책장을 넘길 때 희미하게 스치는 바람, 바람에 배어 있는 체취와 온기, 그리고 들릴 듯 들리지 않는 목소리 같은 것.

종일 머리를 굴려 봐도 도저히 생각이 가 닿지 못하는 이미지들을 찾아 전생을 넘어갔다 오는 날도 있지요. 하지만 가는 길, 돌아오는 길, 끝없이 헤매다가 주저앉는 경우가 대부분입니다. 마음에 전생을 묻어 둔 건 너무 오래된 일이니까요.

오래 헤매다가 기억의 단서가 될지도 모르는 시 한 구절을 얻게 되는 것, 그나마 제게는 큰 위로입니다. 헛된 일일지 모르지만 시를 통해서나마 놓치고 싶지 않은 그 아스라한 풍경들을 잡아 둘 수 있기 때문이지요.

오늘 당신에게 전화를 했지만, 사실 당신은 전화를 받

지 않았습니다. 없는 번호, 당신은 이미 통화권을 이탈해 세상 밖으로 떠난 사람이니까요. "어쩐 일로 전화를 했냐"는 대답은, 그러니까 지금의 것이 아니었지요.

"그러니 서로 비집고 들어갈 수도 없고, 그저 잠시 나란히 놓여 있다가 각자의 방향으로 굴러가는 그런 두 개의 제로가 됩시다."

베르나르마리 콜테스의 희곡집 『목화밭의 고독 속에서』에 나오는 이 대사를 읽다가 문득, 먼저 제로에 도착한 당신의 목소리가 들려왔던 겁니다. 목소리와 함께, 그 밤 당신의 방 유리창에 피었다 지곤 하던, 목화처럼 따뜻했던 눈송이들이 따라왔던 것입니다.

이 문득의 시간이 지나가면 당신은 또 마음 어딘가로 숨어들어 없는 사람이 되겠지요. 그렇다고 너무 섭섭하게 생각하지는 마시기를. 당신을 되살려낼 노래가, 풍경이, 호흡 들이 세상에는 무척 많으니까요. 당신이라는 문득이 내 속에 살고 있으니까요.

　창밖에서 들려오는 고양이 울음소리가 문득 당신을
닮았다는 생각이 듭니다.

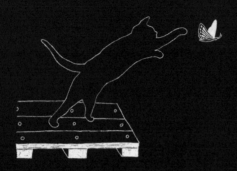

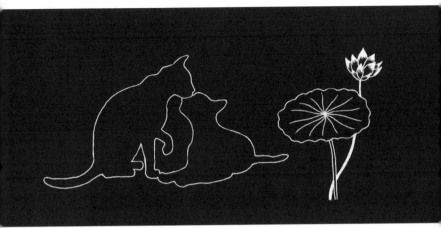

3부 꼬리로 사색 중

꽁트 혼자 삼십 분

(2020년 12월 18일 16시 26분~16시 56분)

아으옹, 아으옹, 아으옹, 운문이에게 일격을 당한 후 꽁트는 탁자 위로 뛰어올라 울어댄다. 커피 향이 남아 있는 머그컵에 코를 대고서 쿵쿵 냄새를 맡다가 조르주 페렉의 소설 『잠자는 남자』를 깔고 앉아 옆에 놓여 있는 볼펜을 앞발로 툭툭 건드려 본다.

그때 계단을 뛰어오르는 발소리, 옆집 현관문이 열리는 소리 삑, 삑, 삑, 삐비빅, 삐, 철컥, 꽁트는 재빨리 고개를 돌리고 귀를 세우며 소리에 집중한다. 소리는 오래가지 않는다. 커졌던 동공이 줄어들고 바짝 긴장되어 있던 수염들이 평온을 찾는다.

다시 볼펜은 장난감이 된다. 볼펜은 무심하고 고양이는 진지하다. 무심과 진지 사이에는 어떤 즐거움이 태어날 것인가. 그때 양쪽 앞발 사이를 오가던 볼펜이 툭, 방바닥에 떨어진다. 꽁트는 탁자에서 내려와 왼발, 오른발, 집요한 드리블을 이어 간다. 무심이라는 사냥감을 결코

놓치지 않겠다는 듯.

하지만 그때 볼펜은 카펫 안으로 몸을 숨긴다. 오른쪽 앞발을 카펫 안에 넣어 보지만 발톱에는 볼펜의 딱딱함이 걸려들지 않는다. 다시 발을 집어넣는다. 볼펜은 더 깊숙이 자리를 옮긴다. 꽁트의 눈에 당황과 실망의 빛이 잠시 머문다.

아아옹, 아아옹, 아아옹, 주방 쪽으로 자리를 옮기면서 또 울음이 터져 나온다. 가스레인지 위 주전자에는 물이 끓기 시작한다. 이제 기포 올라오는 소리가 꽁트의 귀에 걸려든다. 앞발을 싱크대에 올려놓고 뒷발을 뻗어 선 자세로 파랗게 올라오는 불꽃을 바라본다. 꼬리는 살랑살랑 등 뒤의 움직임을 감지한다.

불꽃에 더 접근해 보고 싶은데 그 열기가 자꾸만 망설이게 만든다. 뒷다리를 너무 쭉 뻗고 있다 보니 자세를 유지하기가 힘들다. 거기다 주전자의 주둥이에서 하얗게 김이 쏟아져 나오기 시작한다. 분명 저 상대는 볼펜처럼 자신의 공격을 묵묵히 받아들이지 않을 것이다. 위치도 높은 곳을 선점하고 있는 주전자에 비해 불리하다. 꽁트는 다시 한 번 자신의 패배를 인정하고 네 발의 자세로 복귀한다.

그때 집 밖에서 고양이 울음소리가 들려온다. 꽁트는 재빨리 베란다 창 쪽으로 내달린다. 창 앞에 놓여 있는 플라스틱 의자에 뛰어올라 골목을 바라본다. 시야에 울음의 정체는 들어오지 않는다. 창밖으로 머리를 내밀어야 더 넓은 시야를 확보할 수 있다. 조심스럽게 오른쪽 앞발을 뻗어 창턱에 얹어 놓고 목을 더 길게 뺀다. 창턱은 좁고 잘못하면 한 번도 경험해 보지 않은 높이에서 떨어질 수 있으므로 균형을 유지하는 앞발에 힘이 들어간다.

고양이는 보이지 않고 사람들의 말소리가 가까워진

다. 목을 움츠리며 창밖에 두었던 눈을 거둬들인다. 이
윽고 말소리가 멀어지자 탐색은 다시 시작된다. 제법 큰
바람이 창턱을 넘어 들어온다. 꽁트가 등 근육을 부르르
떤다.

산문이와 삼십 분

(2021년 1월 2일 20시 15분~20시 45분)

끄으윽, 쓰윽, 소리가 들려온다. 주방 옆 작은방 쪽이다. 살짝 열려 있는 문을 밀치고 불을 켜자 산문이가 재빨리 고개를 돌려 나를 바라본다. 뒷발로 선 채 눈을 동그랗게 뜨고 뜻밖의 상황을 어떻게 모면해야 할지 모르겠다는 표정이다. 벽에 올려놓았던 앞발을 살그머니 내리고는 자리를 피한다. 발톱이 할퀴고 간 벽은 이미 엉망이다. 바닥에도 조각조각 잔해가 널려 있다. 산문이는 조금 떨어진 곳에 자리를 잡고 앉아 앞발을 핥기 시작한다. 오른쪽 엄지발톱에 벽지 한 조각이 떨어져 나온다.

벽에 남아 있는 흔적은 가지를 뻗은 나무 같기도 하고, 목을 빼고 어딘가를 바라보는 두루미를 떠올리게도 한다. 물끄러미 흔적을 해석하며 바라보는데 어느새 소리 없이 다가온 산문이가 나의 어깨에 뛰어오른다. 균형을 잡기가 쉽지 않은지 발톱을 내밀어 옷을 움켜쥔다. 옷을 뚫고 들어온 발톱 몇 개가 고스란히 통증을 유발한다. 악, 산문아! 큰 상처를 남기지 않으려면 산문이가 균형을

잘 맞출 수 있도록 허리를 숙여 주는 게 최선이라는 걸
나는 경험으로 알고 있다.

　그런데 어깨에 올라탄 뒤의 산문이 행동이 예전과 다
르다. 코를 쿵쿵거리며 얼굴 가까이 냄새를 맡는 대신,
발톱을 꺼내 들고 귀를 공격한다. 안 돼! 목소리가 커지
자 더 맹렬하게 앞발을 휘두른다. 기어이 기다란 상처를
남기고서야 녀석은 바닥으로 뛰어내린다. 그런데 발톱
하나가 옷에 그대로 박혀 있어 제대로 착지를 하지 못하
고 버둥거린다. 스웨터는 올이 빠지고 한참을 헤맨 뒤에
야 산문이는 옷으로부터 탈출을 한다.

　목소리를 높여서 불안했던 것일까, 아니면 자신의 예
술에 대한 몰입을 깨뜨려 화가 났던 것일까? 바닥에 떨어
져 있는 벽지 조각을 쓸어 모아서 작은방을 나서는데 문
앞에 기다리고 있던 산문이가 다가와 다리에 얼굴을 문
댄다. 아무 일 없었다는 듯 그새 표정이 풀어져 있다. 그

러더니 밥그릇 앞으로 걸어가 야아옹, 부드럽게 운다. 누
가 뭐라 해도 저 목소리는 알아들을 수 있다. 밥을 내놓
으라는 말. 나는 포대를 열고 사료를 한 컵 그릇에 부어
준다.

운문이의 새벽 삼십 분

(2021년 1월 7일 05시 12분~05시 42분)

다다다닥, 쿵! 후다다다닥. 질주가 또 시작되었다. 자느라 마음의 준비도 전혀 할 수 없었는데 일격을 당했다. 배를 밟고 저쪽으로 뛰어간 녀석은 누구일까? 이불 밖으로 얼굴을 내놓고 안경을 찾아 낀다. 머리맡을 더듬어 찾은 휴대전화를 켜니 5시 12분. 방에는 아직 어둠이 몇 겹으로 덮여 있다.

다다다다닥, 픽! 다다닥. 소리의 방향으로 보아 이번엔 현관 입구에 접어 세워 둔 종이 상자를 쓰러뜨린 모양이다. 아! 참자. 지금은 너무 졸리니 한숨 더 자고 상태를 확인하자. 야아아옹! 야아아옹! 울음소리가 운문이다. 운문아 좀 조용히…… 잠 좀 자자…….

다다다다닥, 쿡! 후다다다닥. 앗! 다시 방심한 사이에 두 번째 타격이 배에 가해졌다. 운문이! 대답이 없다. 어디에서 녀석은 숨죽이고 있는 것일까? 몸이 검은 줄무늬로 가득 채워져 있으니 위치를 확인할 수가 없다. 다시 참는다. 이제 정말 조용히 좀 하자. 집사는 새벽까지 원고를 쓰느라 겨우 잠들었는데…….

다다다다닥, 콰앙! 패그르르르. 참참참참참, 이제는 참을 수가 없다. 이불을 걷어차고 일어나 불을 켠다. 소리의 방향을 확인한다. 쓰레기통이 엎어져 있고, 뚜껑은 한쪽으로 굴러가 있고, 운문이는 눈이 동그래져서 나를 바라본다. 그 와중에 입에는 츄르 껍질이 물려 있다. 구석구석 이빨 자국이 가득한 껍질. 맛있는 생선 조각이라도 되는 듯 야무지게도 물어뜯어 놓았다.

쓰레기통을 정리하고, 쓰러진 상자를 세워 놓고 냉장고에서 츄르를 하나 더 꺼내 온다. 이거 줄 테니까 이제는 먹고 자자, 알았지? 운문아!

물어의 수면 삼십 분

(2021년 1월 12일 15시 03분~15시 33분)

폭설이 내리는 오후 물어는 잔다. 카펫 위에 오른쪽 낯을 대고 모로 누워서 잔다. 눈을 치우는지 창밖에서 드르륵 드르륵 넉가래로 바닥 긁는 소리가 연이어 들려온다. 물어는 자면서도 소리의 방향으로 귀를 쫑긋거린다. 양쪽 눈 밑에 까맣게 눈곱이 굳어 있다. 눈곱을 떼어 주려고 하자 오른쪽 앞발로 눈을 가리고 또 잔다.

물어는 이제 열여섯 살, 소화 능력이 떨어졌는지 잠도 짧아졌다. 먹는 양이 적어지니 몸도 많이 왜소해졌다. 느는 건 잠자는 시간, 창밖에서 들려오던 소리도 멈추고 물어의 귀도 움직임을 멈춘다. 방이 조금 더 고요해졌다.

한참을 지켜보고 있는데 이제는 주기적으로 오르내리던 배도 잠잠하다. 숨을 쉬고 있는 걸까, 순간 걱정이 된다. 가만히 코 밑에 손가락을 대 본다.

순간 입을 벌려 손가락을 물어 버리는 물어. 그래도 다행이다. 물어는 아직 물어다.

　귀찮은 손가락이 사라지자 몸을 더 동그랗게 말고 물
어는 또 잔다. 걱정하지 말라고 가끔 꼬리로 방바닥을 치
면서 잔다.

꽃과 함께 잠시

(2021년 4월 1일 18시 14분~18시 27분)

(탁자에는 민들레가 꽂힌 유리 화병이 놓여 있다. 장을 보고 돌아오는 길, 고양이들을 위해 꺾어 온 꽃, 그러니까 고양이들을 위한 집사의 봄 선물이다.)

통나무 위에서 발톱을 갉아대고 있던 물어가 먼저 꽃에 다가간다. 그러나 꽃은 탁자 위에 있다. 한 번에 뛰어오르기에는 뒷다리의 힘이 너무 약해졌다. 우선은 두 앞발을 뻗어 모서리를 잡고 끌어당겨, 그 반동으로 간신히 탁자 위에 오른다. 그러곤 킁킁킁, 꽃 중앙에 코를 대고 냄새를 맡아 본다. 기대했던 냄새가 아닌지 바로 고개를 돌리더니 야아옹!

건넛방에서 놀던 운문이, 산문이가 안방으로 들어선다. 역시나 처음 대하는 꽃에 관심을 보인다. 걸음이 빨라지더니 동시에 점프, 놀란 물어가 자리를 피해 탁자 아래로 내려서고, 둘은 나란히 앉아 꽃 가까이 얼굴을 들이민다. 수염을 씰룩거리며 꽃의 구석구석을 살피더니 운문이의 호기심이 먼저 식는다. 산문이만 화병 옆에 남아

서 꽃을 오래 쳐다본다. 그러더니 혀를 살짝 내밀어 꽃잎
에 갖다 댄다.

잠에서 깬 꽁트가 종이 상자 안에서 나와 늘어지게 기
지개를 켠다. 그러더니 탁자로 다가가 산문이를 몰아내
고 꽃 앞에 자리를 잡는다. 잠시 냄새를 맡는가 싶더니
오른쪽 앞발을 들어 꽃을 공격한다. 발톱을 꺼내 봐도 쉽
게 잡히지 않는 꽃잎, 더 크게 발을 휘두른다. 순간 화병
이 엎어지고 꽃은 바닥에 떨어진다. 주르륵 흐르다가 탁
자 밑으로 쏟아지는 물, 저도 놀랐는지 뒷걸음질로 현장
에서 멀어진다.

(둘러보니 물을 닦아낼 휴지가 없다. 집사는 급하게 행
주를 가져와 사태를 수습한다. 민들레를 한쪽에 치워 놓
고, 젖은 방석을 화장실에 던져 놓고, 물기를 닦는다. 행
주로는 해결이 되지 않는다. 다시 걸레를 가져와 나머지
물기를 닦아낸다.)

그사이 꿍트는 꽃과 2차전을 벌이고 있다. 물어, 운문이, 산문이는 나란히 관중이 되어서 그 일방적인 경기를 지켜본다. 꽃줄기가 터지고, 꽃잎이 뽑혀 흩어지고. 너덜너덜해진 꽃은 이미 그 아름다운 형체를 잃어버린 상태다.

(고양이들에게 봄을 보여 주려던 집사는 울상이 된다. 다시는 너희에게 꽃을 내밀지 않겠어, 다짐을 해 본다. 그런데 잠깐 사이 다짐은 또 허물어진다. 멀뚱멀뚱 바라보는 고양이들의 눈이 꽃처럼 향기롭다. 이건 분명 아지랑이 어지러운 봄이 지어낸 거짓말이다.)

기상 시간은 고양이가 정한다

(2021년 4월 13일 ?~06시 55분)

드르륵드르륵 드르륵드르륵, 잠 속으로 규칙적인 소리가 스며 들어온다. 아직은 달콤한 잠을 벗어나고 싶지 않은데, 이 불을 끌어다 뒤집어쓰고 나서도 드르륵드르륵 드르륵드르륵, 이 소리는 뭘까? 실눈을 뜨고 소리의 정체를 찾는다. 이불을 걷어내자 운문이가 동작을 멈추고 커다란 눈을 굴린다. 운문아, 거기서 뭐 하는 거야? 대답은 없고, 나는 다시 눈을 감는다. 그런데 얼마나 지났을까, 소리는 다시 이어진다. 이불 밖으로 손을 뻗어 휘저어 본다. 손에 걸리는 건 없지만 다행히 소리는 행방을 감춘다.

투둑투둑, 이제는 누군가 어깨를 두드린다. 다시 꿈속으로 빠져들어 아름다운 산길을 걷던 참인데, 풍경이 지워지고 눈앞에 어슴푸레 고양이의 형상이 나타난다. 운문아, 좀 저쪽에 가서 놀면 안 돼! 이불 속으로 더 깊이 몸을 숨겨 본다. 투둑투둑 투둑투둑, 하지만 소용이 없다. 이제 고양이는 머리를 두드린다. 더 다급하게, 더 격렬하게. 상대를 해 주지 않으면 저 놀이도 싱거워져 그만두겠지, 예상은 빗나간다. 이불 속으로 쑤욱, 들어온 앞발이 얼굴을 긁어 놓고 빠져나간다. 운문아! 그런데 눈앞에는 꽁트가 앉아 있다. 잠깐 움찔하는 것 같더니, 이내 얼굴을 들이밀고 내 얼굴에 코를 비빈다.

할 수 없이 이불을 빠져나와 일어나 앉는다. 아직은 늘어지는 몸, 탁자에 기대고 앉아 정신을 차려 보는데, 어디서 나타났는지 이제 산문이가 어깨에 올라앉는다. 살갗에 느껴지는 발톱의 감촉이 날카롭다. 조심하지 않으면 또 상처가 만들어질 것이다. 산문이가 균형을 잡기 쉽게 어깨를 더 웅크린다. 목덜미가 뻣뻣하다. 이제 잠은 모두 달아나고 없다.

거실 쪽에서 풍겨 오는 똥 냄새, 오줌 냄새. 고양이 화장실을 치우고, 빈 그릇에 사료를 채우고, 물을 갈아 주고, 다시 방에 들어온 나를 보더니 고양이들은 이제 좀 흡족한 모양이다. 이왕 이렇게 된 거 일과를 시작해 볼

까, 컴퓨터 전원 버튼을 누르는데 방석 위에 새근새근 잠
들어 있는 물어가 눈에 들어온다. 아침의 이 소동에도 어
찌 저리 편안하게 잘 수 있을까? 묘생 16년에 터득한 저
여유가 너무나 부럽다.

야옹

잠에서 막 깨어난 시각, 운문이가 다가와 머리를 비비며 야옹! 야옹!(자고 일어났으면 이제 우리들 아침 식사 좀 챙겨 주세요.) 이번엔 현관 쪽에서 장판을 긁던 산문이가 야옹! 야옹!(냄새가 나서 참을 수가 없네. 화장실 좀 어서 치워 주세요.) 그리고 마지막으로 창턱에 앉아 있던 물어가 야옹!(집사, 게으름 피우지 말고 어서 움직여!) 그릇에 사료를 채우고, 물을 다시 받아 놓고, 화장실 모래를 갈아 주고 나서야 겨우 나의 아침이 시작된다.

집에 머무는 동안 온전히 나에게 집중할 시간은 주어지지 않는다. 어디에 가든, 무엇을 하든 고양이들이 간섭을 하며 따라붙는다. 컴퓨터 앞에 앉아 키보드를 두드리고 있으면, 어느새 앉은뱅이책상 밑에 자리를 잡은 운문이가 앞발을 뻗어 문장을 엉망으로 만들어 놓는다. 방해좀 하지 말라고 소리를 쳐도 말을 들을 리 없다. 야옹! 야옹!(자판 두드리는 소리는 내게 마약과도 같다옹.) 반찬이라도 만들어 볼까 하고 나물을 다듬고 있으면 한 녀석

한 녀석 발소리를 죽이고 다가와서 한 줄기씩 낚아채 간다. 잎들을 다 찢어발겨 놓고서 다음 목표를 향해 또 다가오는 게, 그런 장난꾸러기들이 없다. 안 돼! 소리를 치면 또 야옹! (그러게 평소에 우리가 가지고 놀 장난감을 준비했어야 하는 거 아니냐옹!)

무엇보다도 '야옹'을 가장 자극하는 것은 간식이다. 고양이 캔이 들어 있는 냉장고를 열기만 하면 셋이 쪼르륵 달려들어 끝없는 '야옹'을 펼쳐 놓는다. 다른 걸 꺼내려고 문을 열었다가도 그 지극한 소리에 캔을 또 따고야 마는 것이다.

시상이 막 떠오르려 하는 순간, '야옹' 소리에 그것이 꼬리를 감추고 나면 고양이들이 그렇게 얄미울 수가 없다. 고양이들 덕분에 얻게 된 시들도 적지 않으니 뭐라 큰소리를 칠 입장도 아니라서, 원망의 눈길만 오래 고양이들에게 던지곤 한다.

그리고 더욱 아이러니한 일은 막상 고양이들이 조용히 눈을 감고 잘 때 만들어진다. 집중해서 작업을 하다가도 고양이들의 소리가 들리지 않으면 내가 먼저 '야옹'을 찾아서 행동을 하게 되는 것이다. 실룩거리는 배를 쓰다듬거나, 앞발 뒷발 발바닥을 간질이며 결국 '야옹' 소리를 내게 만든다. 귀찮은 듯 뱉어내는 '야옹' 속에서 나는 안정감을 찾는다.

'야옹'이 지니고 있는 세 개의 동그라미는 나와 고양이들을 하나로 묶는 단단한 고리이다. 아무리 멀리 떨어져 있어도 들을 수 있는 소리, 빗방울이 만든 물의 파동처럼 마음을 적시며 다가오는 소리, 고양이들이 나를 찾을 때마다 '야옹' 그들의 언어로 대답을 해 본다.

겨울 가고 나면 따뜻한 고양이

2021년 11월 30일 1판 1쇄 펴냄

지은이　길상호
펴낸이　김성규
편집　　김은경 김도현
디자인　김동선
펴낸곳　걷는사람
주소　　서울특별시 마포구 월드컵로 16길 51 서교자이빌 304호
전화　　02 323 2602
팩스　　02 323 2603
등록　　2016년 11월 18일 제25100-2016-000083호
ISBN　979-11-91262-78-0

　　　　979-11-89128-13-5 [04800] 세트

　* 이 도서는 한국출판문화산업진흥원의
　　'2021년 우수출판콘텐츠 제작 지원' 사업 선정작입니다.
　* 이 책 내용의 전부 또는 일부를 재사용하려면
　　반드시 지은이와 출판사의 동의를 얻어야 합니다.
　* 잘못된 책은 교환해 드립니다.